9487

e

o

ODE

SUR LA

CONVALESCENCE

DU ROY.

Par M. l'Abbé C.****

Troisième Edition.

A PARIS.

M. DCC. XLIV.

ODE

SUR LA CONVALESCENCE

DU ROY.

’E s t un tranſport, c’eſt une yvreſſe,
Qui fait éclater mes accens ;
Le feu , l’excès de l’allegreſſe
Eſt le délire que je ſens :
Mon ame , de douleur éteinte ,
Sort des abymes de la crainte ,
Un nouveau jour a lui pour moi :
Quel aſtre à mes yeux étincelle ?
J’échape à la nuit éternelle ,
Et je revis avec mon Roi.

❖

Que vois-je ? à la clarté féconde

Des rayons heureux qu'il répand ;

De nouveaux Cieux , un nouveau Monde ,

Sont-ils appellés du Néant ?

Où s'est englouti le Nuage

Qui rouloit la peur & l'orage

Parmi les Peuples consternés ?

Où sont ces horreurs , ces ténebres,

Ces pleurs amers , ces cris funebres

Ces malheurs sur nous enchaînés ?

Sur le char brillant de la Gloire ,

L o u i s armé par l'Equité ,

S'élançoit avec la Victoire

Qu'étonne son activité ;

Devant ses pas marchent la Guerre ,

La Valeur , l'effroi , le tonnerre ;

Il étoit suivi de la Paix :

Et poussant au loin les tempêtes ,

Il seme près de lui les Fêtes ,

L'Amour , l'espoir , & les bienfaits.

Il avoit paru : le Batave

Tremble près du Belge foumis ;

Mais le Rhin long tems fon Efclave ,

Lui vomit d'autres Ennemis :

Il paroît encore ; la foudre

Qui réduifoit leurs murs en poudre

Prépare de nouveaux éclats ;

Et le Héros qui les ménace

Annonce à leur farouche audace

L'inftant , & le fort des combats.

Qu'il frappe ; il triomphe ; la Palme ,

L'Olive couronnent fes coups ;

Qu'il frappe … Mais quel trifte calme

Enchaîne fon noble courroux ?

Ses Guerriers éprouvent la crainte !

Ses Peuples gémiffent ! La plainte

Succéde aux jeux évanoüis !

Un deüil affreux les environne !

Qu'ai-je preffenti ? … Je friffonne…

Dieu ! fauve les jours de L o u i s.

Où fuit cette foule égarée ?

Quels cris tout à coup répandus !

Où court cette Reine éplorée

Entre ces Princes éperdus ?

Quel défordre ! Quelles allarmes

Mêlent, confondent dans les larmes,

Les âges, les fexes, les rangs ?

Quelle douleur fourde & cruelle,

A cette triftefle mortelle

Livre ces Peuples expirans ?

O fort ! ô coup épouvantable !

L o u i s ! . . . O mon Pere ! ô mon Roi !

Dieu terrible ! O Dieu redoutable,

Arrête, ou ne frappe que moi !

L o u i s . . . Il pâlit . . . Sa lumiere

S'éclypfe . . . Au bord d'une carriere

Qui promettoit un fi beau cours !

La Mort étend fes aîles fombres,

Et, dans l'épaiffeur de fes ombres,

Plonge fon Aurore & nos jours.

Dieu puiſſant ! ô Dieu que j'implore ;
Soutiens ſa mourante lueur !
Que ta balance peſe encore
Notre infortune & ta rigueur ;
Si tu n'es plus le Dieu propice ,
J'oſe interroger ta Juſtice
Juſques aux pieds de tes Autels ;
Tu fais les Rois , & leur Puiſſance
Eſt un rayon de ton Eſſence ,
Qui te peint aux yeux des Mortels.

Veux-tu le ravit à la terre ,
Lorſqu'elle applaudit à ton choix ?
Lorſque la Clémence & la Guerre
L'attendent pour juger leurs droits ;
Lorſque plus brillante & plus vive ,
Sa courſe , à l'Europe attentive
L'expoſe dans tout ſon éclat ;
Et qu'aux vertus qu'il fait paroître
Elle admire , & confond le Maître ,
Le Citoyen , & le Soldat.

Et quel autre du Diadême
A mieux fait briller la fplendeur ?
Qui retrace mieux que luï-même
Et tes bontés, & ta Grandeur ?
Image du Dieu des Batailles
Qu'il s'arme ; il brife les Murailles ,
L'Eclair, la foudre , font fes traits :
Qu'il repofe ; au fein de nos Villes
Il verfe les douceurs tranquilles ,
Image du Dieu de la Paix.

Il expire ! L'effroi redouble ;
Quelle horreur ! Quels frémiffemens ?
Quel affreux filence ? Quel trouble
Eclate en longs gémiffemens !
Le Temple faint tremble & s'agite ,
L'Offrande accable le Lévite ,
L'Autel eft inondé de pleurs ,
Les larmes à l'encens mêlées ,
Aux voutes des Cieux ébranlées ,
Portent les vœux & les douleurs.

Ainſi le plus heureux Augure

N'offroit qu'un bonheur incertain !

Ainſi d'une vapeur impure

Se couvre le riant Matin !

Ainſi ſa douceur paſſagere ,

D'une eſperance menſongere

Abuſoit notre avidité !

Et l'Aſtre bienfaiſant du Monde

Eteint dans une nuit profonde

Ses feux & ſa fécondité.

Mais , quelle paix douce & brillante

Calme tout à coup ces ſanglots ,

Et ſous la France chancelante

Ferme les gouffres du Cahos?

Quel ſubit éclat de lumiere

De ma félicité premiere

M'annonce l'aimable retour ?

Et quelles Merveilles célebres

Rappellent du ſein des ténebres

La Gloire , l'Eſpoir , & l'Amour?

O Peuple ! ton cri lamentable

A percé la hauteur des airs,

Le Trône du Dieu redoutable

S'émeut au milieu des éclairs.

Il veut : La mort est dans l'abyme ;

L'ombre fuit, mon Roi se ranime,

Tous les dons descendent des Cieux ;

Aux yeux d'un Peuple qui l'adore,

Il reparoît plus cher encore ;

Son Peuple est plus cher à ses yeux.

Qu'il vive ! Que ses destinées

Franchissent les bornes des tems !

Que de ses nouvelles journées

La Gloire marque les instans !

Qu'avec le Héros intrépide

Vole la Victoire rapide,

Soigneuse de l'accompagner :

Que près du Monarque sensible

Veille l'Humanité paisible,

Qu'il vive ! il sçait vaincre & régner.

F I N.

www.ingramcontent.com/pod-product-compliance
Lightning Source LLC
Chambersburg PA
CBHW061517170626
46811CB00004B/1749